ᵁⁿ *Soplo*
De
Aire fresco

Fernando Pérez Rodríguez

ISBN-13: **978-8409022458**

Título original: Un soplo de aire fresco
©2018 Fernando Pérez Rodríguez
©Diseño maquetación: Helena Calderón
©Diseño portada: Alexia Jorques
©Dibujos interiores: Ester Iglesias Bello

LA VIDA ES COMO UN SOPLO DE AIRE FRESCO; PASA TAN DEPRISA, QUE CUANDO QUEREMOS DARNOS CUENTA, LLEGA A SU FIN. POR ESO HAY QUE APROVECHAR Y DISFRUTAR CADA MOMENTO COMO SI FUERA EL ÚLTIMO.

FERNANDO PÉREZ RODRÍGUEZ

Prólogo

La vida no es fácil para nadie, para conseguir las cosas hay que luchar y sin lucha y sin sacrificio, no se consigue nada.

En el mundo que nos ha tocado vivir, hay buenas y malas personas, buenos y malos momentos, alegrías, tristeza, amor y desamor, y todo esto forma parte de nuestras vidas; y aunque la vida no es fácil, merece la pena vivirla y poder decir que, en algún momento de nuestra vida, a pesar de todas las dificultades que podemos encontrarnos, el amor también llamo a nuestras puertas, y cuando lo hizo, nos sentimos los hombres o mujeres más dichosos de este mundo. De eso trata este libro de poesías, del amor y del desamor, pues ambos vienen de la mano, uno del otro.

En este libro podemos encontrar veinte poesías, veinte pequeñas historias de amor y desamor, todas ellas cargadas de sentimientos y emociones, que espero te hagan en algún instante sentirte identificado/a con ellas. Todo empieza y todo acaba, y la vida no es menos, pero mientras estés vivo, vívela y disfruta cada instante, como si fuera el último día de tu vida.

Un libro puede ser nuestro mejor amigo. Con un libro podrás viajar, conocer lugares que nunca antes habías imaginado, vivir nuevas aventuras y emociones, enamorarte y hacer amigos y todo esto sin salir de casa.

Por todo esto, te invito a que pongas en tú vida un libro.

ÍNDICE

No pretendo
que le dejes
y de nuevo
vuelvas
junto a mí.

No pretendo
que le dejes
y de nuevo
vuelvas
junto a mí,
tan solo quiero
que escuches
a tu corazón.

Mil veces
he intentado
olvidarte,
pero no
he podido,
por más
que lo he intentado.

Busqué borrarte
de mis pensamientos
estando con otra,
haciendo
el amor con ella,
amándola,
besándola,
estrechándola
entre mis brazos
y haciéndola
el amor
una y mil veces,
pero nunca,
pude dejar
de pensar en ti,
ni un solo instante.

Y aunque hoy
estés con él,
y ya no estés

conmigo,
no me pidas
que te olvide,

pues por más
que lo intenté no pude.

¡Por eso!,
déjame al menos,
que conserve conmigo,
esos momentos,
que juntos
vivimos los dos
y los guarde

para siempre
en mi corazón.

Y aunque
estés con él,
y ya no estés
conmigo
¡por favor no me pidas
que te olvide!
¡Pues aunque quisiera
no podría!
¡Yo sé!,
¡que ahora
tú estás con él!,

y que es a él
a quien amas,
y por eso yo
no pretendo
que le dejes
y de nuevo
vuelvas junto
a mí,
tan solo quiero
que escuches
a tu corazón,
y me digas,
si de verdad,
tú me has olvidado,
o alguna vez
te acuerdas de mí,
pues yo sé
que lo nuestro
ya terminó,
pero tú siempre
estarás junto a mí
en lo más profundo
de mi corazón.

Quiero que sepas,
que si en algún momento
me necesitas,
siempre podrás
contar conmigo.

¿A qué esperas?

¿A qué estás
esperando?
¡Corre ya!,
¡vístete rápido
y vete a buscarla!

¡Yo sé que la verdad,
no es fácil para ti!,
¡pero no tengas miedo!,
¡pues ella
lleva mucho tiempo
esperando
oír de tus labios

que la amas,
y seguro que
te va a estar
esperando!

¡No lo dudes
ni un solo instante más!

¡Corre!, ¡corre!, ¡díselo ya!

Estréchala
entre tus brazos,
bésala en los labios
como nunca antes nadie
la ha besado
y dile que la amas,
como nunca
antes amaste a otra,
ni nunca amarás
a ninguna.

¡Corre!, ¡corre!, ¡díselo ya!

¿A qué estás
esperando?,
¡corre!, ¡corre ya!,
¡no la dejes escapar!,
¡pues luego,
puede que sea tarde,

y te arrepentirás,
de no habérselo
dicho antes!

¡Corre!, ¡corre!, ¡díselo ya!

¡Pero no!

¡Más de una vez
pensé que por fin,
había logrado olvidarte!,
y que ya no volvería
a llorar más por ti.

Creí que por fin,
olvidaría
lo que sentía
cuando te tenía
entre mis brazos,
cuando besaba tus labios
y te hacía el amor.

¡Pero no!, ¡no!,
pues, aunque

intento olvidarte,
no lo consigo
y tú sigues
aún presente
en mis recuerdos,
y en mi corazón.

Por las noches
no consigo dormir,
pues no hago
más que pensar en ti.

Echo de menos
tenerte a mi lado,
rozar mi cuerpo
con el tuyo
y sentir tu calor.

¡Más de una vez
pensé que por fin,
había logrado olvidarte!,
¡pero no!, ¡no!,
pues, aunque
intento olvidarte,
no lo consigo
y tú sigues
aún muy presente
en mis recuerdos,
y en mi corazón.

¡No me busques más!

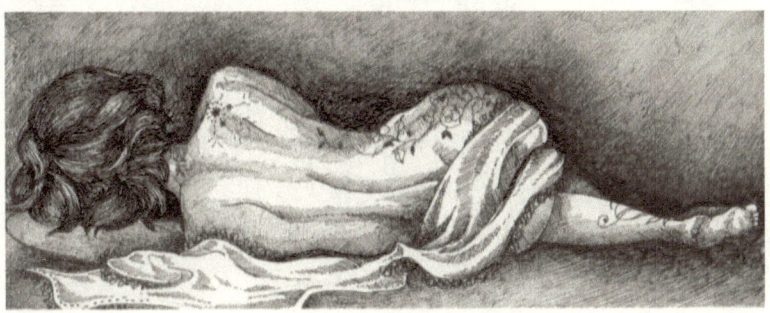

¡No me busques más!,
¡ni me tientes!,
¡ni intentes seducirme
con tus encantos!,
para que de nuevo
yo vuelva a caer
entre tus brazos.

Tú sabes bien,
que lo nuestro
hace tiempo terminó,
y que ahora,
yo estoy con otra;
pero sabes
que soy débil,
y que puedo creer
tus mentiras,
y de nuevo caer
entre tus brazos
y acabar en la cama

de un sucio hotel
haciéndote el amor.

¡No me busques más!,
¡ni me tientes!,
¡ni intentes seducirme
con tus encantos!,
pues yo solo soy
para ti un juguete,
con el que quieres jugar
cuando a ti
te viene en gana,
y no quieres nada serio.

¡Por eso, no me busques más!,
¡déjame ya en paz!,
pues yo soy débil,
y no quiero cometer
ninguna tontería contigo,
de la que luego
me pueda arrepentir.

¡No me persigas más!,
¡y déjame ser feliz junto a ella!

¡No me busques más!,
¡ni me tientes!,
¡ni intentes seducirme
con tus encantos!

¡Dime quién quieres que sea!

¡Mírame a los ojos
y dime que ya
no me amas!

¡No agaches la cabeza
y mírame a la cara!

¡Dime que ya
no sientes nada por mí,
pero no me abandones!

¡Dime quién quieres
que sea,
y por ti yo lo seré!

¡Coge mi mano
y no la sueltes,
y caminemos
juntos los dos,
el camino de la vida!,
¡pues lo único
que yo deseo
es estar junto a ti,
y hacerte feliz!

¡Mírame a los ojos
y dime que ya
no me amas!

¡No agaches la cabeza
y mírame a la cara!

¡Dime que ya
no sientes nada por mí,
pero no me abandones!

¡Dime quién quieres
que sea,
y por ti yo lo seré!

Llorando en silencio

Sentado
en un viejo banco
junto a la puerta
de su hogar,
llorando bajito
y en silencio,
para que nadie
se dé cuenta
de su pesar.

Mira hacia
el cielo,
esperando
poder verla pasar,

y le pide al cielo,
que la cuide
y la proteja,
que él desearía
tenerla a su lado,
cubrir su cuerpo
de besos y abrazos,
hacerla el amor
una y otra vez
y darle su calor.

Sentado
en un viejo banco
junto a la puerta
de su hogar,
llorando bajito
y en silencio,
para que nadie
se dé cuenta
de su pesar,
mira hacia
el cielo,
esperando
poder verla pasar.

¡Ya tan solo,
le quedan
los recuerdos
de los años

vividos junto a ella!,
y lleva en su pecho
clavada una espina,
que día tras día,
es más grande
y se le clava más y más.

Sentado
en un viejo banco
junto a la puerta
de su hogar,
llorando bajito
y en silencio,
para que nadie
se dé cuenta
de su pesar,
mira hacia
el cielo,
esperando
poder verla pasar.

Él ya solo espera
el día en que
la vuelva a ver,
poder abrazarla
entre sus brazos,
cubrirla de besos,
decirla que nunca
la olvidó,

que ella es,
fue y siempre será
el único amor
de su vida,
¡y ya nunca más
volver a separarse
de ella en toda la eternidad!
Sentado
en un viejo banco
junto a la puerta
de su hogar,
llorando bajito
y en silencio,
para que nadie
se dé cuenta
de su pesar.

Mira hacia
el cielo,
esperando
poder verla pasar,
hasta que llegue
el día en que ambos
juntos vuelvan a estar,
y ya nunca más,
se vuelvan
a separar.

La propuesta

ÉL:
¡Hola!,
¡me llamo Javier!,
¿y usted?,
¿cómo se llama usted?
¡Perdóneme, señorita,
que me acercase
así a usted!,
¡pero es que
desde que la vi,
no he podido
apartar mis ojos de usted!

¡Yo quería proponerle algo!,
¡pero dime si tú

estarías dispuesta!
¡A ver qué te parece…!
¿Qué me dirías
si te invito
a bailar
y luego a tomar
unas copas juntos,
y para acabar
terminar los dos juntos
en mi habitación
haciendo el amor?

ELLA:
¿Pero cómo
se atreve usted
a hacerme
esa proposición?
¡Yo soy casada!

ÉL:
¿Dime si alguna vez
no pensaste conocer
a un desconocido,
y tener una aventura
con él?
¿Quién sabe,
si quizás
este pueda ser
el mejor día de tu vida?

¿Vas a rechazar
mi proposición,
sin ni tan siquiera
pensarlo?
¡Piénsalo muy bien,
pues quizás,
no tengas
otra oportunidad
como esta en tu vida!

¿Has pensado
alguna vez hacer
algo nuevo en tu vida?
¿Por qué no jugar
alguna vez con fuego,
con cuidado
de no quemarse?

ELLA:
¡No!, ¡no, caballero!,
soy una mujer
felizmente casada,
y por un instante
de placer,
no quiero jugármelo
todo a una carta,
y perderlo todo.
¡Adiós, caballero!,
¡no quiero verle

nunca más!
¡Adiós!,
¡adiós para siempre!,
¡espero no volverle a ver
nunca más!
¡Adiós!

¡Éramos tan niños!

Éramos tan niños
cuando
nos conocimos,
¡que nunca yo
pude imaginar,
que tú sintieses
algo por mí!,
¡y menos aún!,
que tú
te enamorarías
de mí.
¡Al fin encontré
el amor!
¡Al fin encontré

aquello
que durante
tanto tiempo
yo estuve
buscando!

¡Ven!, ¡ven junto a mí!
¡Dame tus manos
y bésame!
¡Bésame!, ¡bésame!,
¡como nunca antes
besaste a ningún
otro hombre!,
¡cierra los ojos
y dame tu corazón!

Éramos tan niños
cuando
nos conocimos,
¡que nunca yo
pude imaginar
que tú sintieses
algo por mí!
¡Y menos aún,
que tú
te enamorarías de mí!

¡Ven!, ¡ven junto a mí!,
¡dame tus manos,

coloca tu cabeza
sobre mi hombro,
cierra tus ojos
y escucha la banda
tocar nuestra canción!

¡Ven!, ¡ven junto a mí!,
¡dame tus manos
y baila conmigo
nuestra canción!

Éramos tan niños
cuando
nos conocimos,
¡que nunca yo
pude imaginar,
que tú sintieses
algo por mí,
y menos aún
que tú
te enamorarías de mí!

Cansado de no verte

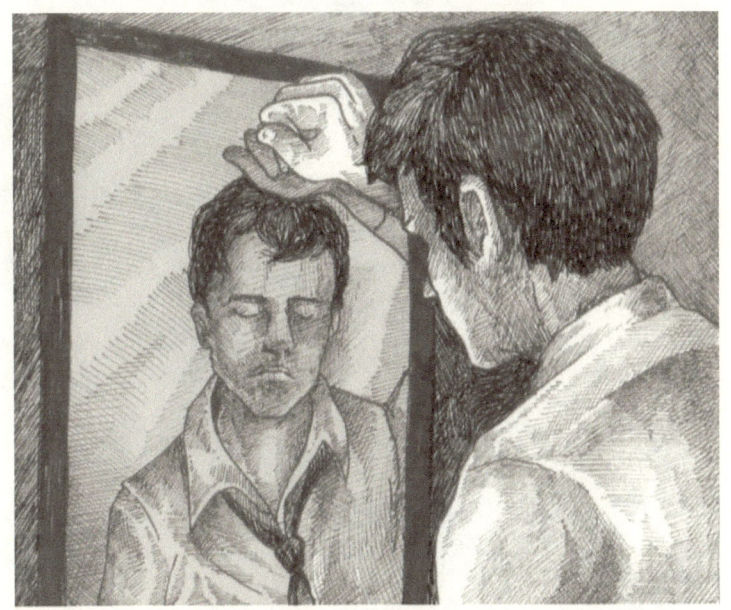

Anoche
fui a la iglesia,
y de rodillas,
y con lágrimas
en los ojos,
ante Dios
me postré,
a él le abrí
mi corazón,
le conté
mis penas
y puse mi vida
en sus manos,

pues ya todo
me da igual,
si tú no estás
conmigo.

¡Ya estoy
cansado,
de ir vagando
como un alma
en pena
por las calles!,
¡ya estoy
cansado
de no verte más!

Mis amigos
y mis amigas,
ya no saben
qué hacer,
para que vuelva
a ser el de antes,
pues yo
no dejo
de pensar
en ti.

Ellos
no saben
qué hacer

para ayudarme,
¡por favor!,
¡vuelve!,
¡vuelve junto a mí!,
pues ya estoy
cansado de ver,
como cada día
que pasa,
y tú no estás
junto a mí,
¡poco a poco!,
¡despacio y en silencio!,
mi corazón
se está muriendo.

¡Ya estoy
cansado
de no verte más!
¡Te busco aquí!,
¡te busco allá!,
¡pero no te logro
encontrar!
¡Vuelve!,
¡vuelve, por favor!,
¡pues no sabes
la falta que me haces!

¡Ya estoy
cansado

de no verte más!
¡Por favor,
vuelve,
vuelve ya
junto a mí!,
¡pues sin ti,
yo no puedo vivir!

Enséñame a olvidarte

Yo sé
que si
un día,
yo aprendí
a quererte,

aunque
me cueste,
un día aprenderé
a olvidarte.

¡Enséñame
a olvidarte!,
¡enséñame
a no pensar
más en ti!

No sé
si estoy
soñando,
o si de verdad
te perdí.
Quiero cerrar
mis ojos,
y pensar
que aún
sigues junto
a mí.

¡Enséñame
a olvidarte!,
¡enséñame
a no pensar
más en ti!

¡Yo tan solo
quisiera
pedirte
un favor!,
¡si un día
me enseñaste
a quererte,
enséñame
también ahora
a olvidarte!,
¡pues ya
no puedo
vivir más,
con este dolor
que día a día
me consume,
y poco a poco
va acabando
con mi vida!

¡Enséñame
a olvidarte!,
¡enséñame
a no pensar
más en ti!

Cada mañana,
cuando despierto
y me levanto

de mi cama,
mis ojos,
no pueden
contener
las lágrimas.
Mi madre,
que me ve,
me abraza
y me dice:
«¡Hijo!, ¡deja ya de llorar!,
¡pues mujeres
hay muchas
en el mundo!,
Y verás cómo
tarde o temprano,
vas a encontrar
a aquella,
que te haga feliz!»

¡Enséñame
a olvidarte!,
¡enséñame
a no pensar
más en ti!

¡Ni te imaginas!

¡Ni te imaginas
cómo duele saber
que tú ya no quieres
saber nada de mí!

¡Ni te imaginas
cómo me duele
verte del brazo
de otro,
y lo pronto
que me olvidaste!

¡Ni te imaginas
cuánto yo ansiaba
que con el paso
de los días,
tú y yo,
juntos de nuevo,
volviésemos a estar!

¡Ni te imaginas
cómo duele saber,
que tú ya no quieres
saber nada de mí!

¡Si de verdad
ya no quieres
saber nada
más de mí,
ayúdame
al menos
a olvidarte,
pues no sabes
lo que estoy sufriendo,
pues perderte
como te perdí,
jamás yo
lo llegué
a imaginar!

¡Ni te imaginas

cómo duele saber,
que tú ya no quieres
saber nada de mí!

Sin ella

Sin ella,
el amor
se esfumó
y yo aprendí
a llorar.

Mis amigos
ya no saben
qué hacer,
están
preocupados
por mí,
pues día
tras día,
me ven

vagando
por las calles
llorando,
triste y solo,
y sin saber,
de qué forma
podrían ayudarme.
Y es que yo
sigo locamente
enamorado
de ella.

Extraño sus besos,
sus abrazos,
sus caricias,
extraño su piel
rozando mi piel,
y es que sin ella,
yo muero de amor.

Sin ella,
el amor
se esfumó,
y yo aprendí
a llorar.

Rendido a tus pies

Yo no sé,
por qué cuando
tú te acercas a mí,
yo caigo
rendido
a tus pies.

Tú te acercas a mí,
y con tu mano
acaricias
mi mejilla,
me abrazas
y tus labios,
rozan mis labios,
hasta llegarnos
a besar,

y yo no puedo
más que caer
rendido
a tus pies.

¡Te amo!,
¡te amo
y tú lo sabes,
y yo no
lo puedo ocultar!,
solo deseo
que llegue la noche
para poder
dormir contigo,
perderme
entre tus brazos,
y hacer el amor,
una y otra vez,
hasta el amanecer.

Yo no sé,
por qué cuando
tú te acercas a mí,
yo caigo
rendido
a tus pies.

¡Te amo!,
¡te amo

y tú lo sabes,
y yo no
lo puedo ocultar!

¡Amiga mía, escúchame!

¡Hola!,
¡por favor!,
¡no te marches!,
¡tan solo
escúchame
un instante!,
¡no!, ¡no digas nada!,
¡y déjame hablarte!

¡Yo sé,
que tú

perteneces
a otro!,
¡pero, por favor!,
¡escucha
lo que tengo
que decirte!

¡Amiga mía,
escúchame!,
¡por favor!,
¡no te marches!,
¡tan solo
escúchame
un instante!,
¡no!, ¡no digas nada!,
¡y déjame hablarte!

Anoche
entre tus brazos,
rendido a tus besos
y a tus encantos,
mientras
hacíamos el amor,
comprendí,
que estoy
enamorado
de ti,
y que ya no deseo
ser solo tu amigo,

sino algo más.

¡Amiga mía,
escúchame!,
¡por favor!,
¡no te marches!,
¡tan solo
escúchame
un instante!,
¡no!, ¡no digas nada!,
¡y déjame hablarte!

¡Yo sé, amiga mía,
que tú eres casada
y que él te ama
y te adora,
y que yo
tan solo soy
un buen amigo
para ti,
que lo de
la otra noche
para ti,
fue un desliz,
y que piensas,
que yo solo
quiero jugar contigo!,
¡pero no, amiga!, ¡no!,
¡nada más lejos

de la realidad!
¡Yo no quería
meterme
entre tu esposo
y tú, amiga mía!,
¡no sé cómo pasó todo!,
¡pero la verdad
es que de ti,
yo me enamoré!

¡Amiga mía,
escúchame!,
¡por favor!,
¡no te marches!,
¡tan solo
escúchame
un instante!,
¡no!, ¡no digas nada!,
¡y déjame hablarte!

¡Yo sé,
que fui
un loco atrevido,
al meterme
entre tú y él!,
¡pero, amiga mía,
entiende
que al corazón,
no se le pueden

poner barreras,
y que cuando
se enamora,
se enamora,
y no entiende
ni de razas,
ni de religiones!

¡Perdóname, amiga mía,
si te puse contra
la espada y la pared!,
¡pero te juro,
que, aunque yo
nunca lo imaginé!,
¡de ti me enamoré!

¡Amiga mía,
escúchame!,
¡por favor!,
¡no te marches!,
¡tan solo
escúchame
un instante!,
¡no!, ¡no digas nada!,
¡y déjame hablarte!

A veces
quiero llorar
y no puedo,
a veces
quiero gritar
y no puedo.

Aunque tú
te empeñas,
en decirme
que me amas,
que por mí
tú darías
la vida,

yo sé que tú
me mientes,
y que yo
para ti
solo fui
un juguete,
con el que jugaste
a tu antojo.

A veces
quiero llorar
y no puedo,
a veces
quiero gritar
y no puedo.

Tú para mí
fuiste la primera,
contigo yo
dejé de ser un niño,
para convertirme
en un hombre,
contigo yo
dejé atrás
mi inocencia
y perdí la luz
de mi rostro
de niño,
para hacerme

hombre.

A veces
quiero llorar
y no puedo,
a veces
quiero gritar
y no puedo.

Ahora
me doy cuenta,
de que yo nunca
signifiqué
nada para ti,
tan solo fui
la novedad,
aquello que siempre
deseaste
alguna vez
poder probar,
y mira por dónde,
de repente
aparecí yo,
y tú no dejaste
escapar
aquella oportunidad,
pues durante
mucho tiempo
tú estuviste

esperando
algo así.

Tú fuiste
la primera
en mi vida,
tú fuiste
mi maestra,
mi primer amor,
pero yo nunca
signifiqué
nada para ti,
y hoy ya
no quieres saber
nada de mí,
y no sabes bien,
cómo duele
ni el daño
que me has hecho,
con tus mentiras
y tus bonitas palabras,
¡pero no te preocupes!,
¡pues, aunque me cueste,
yo te voy a olvidar!

A veces
quiero llorar
y no puedo,
a veces

quiero gritar
y no puedo.

Camina junto a mí

Una tarde
de verano,
de repente
y sin avisar,
apareciste
en mi vida,
y a partir
de ese
momento,
el pasado
desapareció
de mi vida,
mi corazón

de nuevo
volvió a latir
con más fuerza,
y de nuevo,
volvió a descubrir
el amor.

¡Ven!, ¡ven!,
¡camina junto a mí!,
¡dame tu mano
y camina junto a mí!

Contigo de nuevo,
yo descubrí,
lo que es
el amor.
¡Ven!,
¡ven junto
a mí!,
¡no tengas
miedo!,
¡ven junto
a mí!,
¡y te prometo!
¡que yo te cuidaré,
te abrazaré,
te daré mi amor,
y cuando
tengas frío,

yo te daré
mi calor!

¡Ven!, ¡ven!,
¡camina junto a mí!,
¡dame tu mano,
y camina junto a mí!

Un soplo de aire fresco

Cuando
yo pensaba
que ya
nunca más
me iba
a enamorar,
cuando
mi corazón
parecía
que había
cerrado
las puertas
al amor,
de repente
y sin hacer ruido,

como un soplo
de aire fresco,
entonces,
apareciste tú,
y de nuevo
mi corazón,
comenzó
a sentir,
sensaciones
ya olvidadas,
y poco a poco,
yo me fui
enamorando de ti.

Cuando
yo pensaba
que ya
nunca más
me iba
a enamorar,
cuando
mi corazón
parecía
que había
cerrado
las puertas
al amor,
de repente
y sin hacer ruido,

como un soplo
de aire fresco,
entonces,
apareciste tú.

¡Hoy ya!,
yo tan solo
deseo perderme
entre tus brazos
y beber de tus labios
el néctar del amor,
que tú me das.
¡Dame tu mano!,
¡no la sueltes!,
¡y dame tu amor!,
¡pues sin él!
¡yo ya no sabría vivir!

Cuando
yo pensaba
que ya
nunca más
me iba
a enamorar,
cuando
mi corazón
parecía
que había
cerrado

las puertas
al amor,
de repente
y sin hacer ruido,
como un soplo
de aire fresco,
entonces,
apareciste tú.

Solo una vez más

Ya sé
que tú
nunca
hubieses
esperado
algo así,
yo sé
que te
engañé
y te mentí,
pero al menos
ahora,
quiero
ser honesta
contigo
y conmigo

mismo,
espero
que ya no
sea muy tarde,
yo sé
que no debería
haberte mentido,
y que debería
haber luchado
por nuestro amor.

¡Escúchame!,
¡escúchame!,
solo una vez más,
¡ven!, ¡ven conmigo!,
¡dame una nueva
oportunidad!,
te prometo
que valdrá
la pena
y que
¡nunca más,
te volveré
a fallar!

Solo una
vez más,
sé que no
me lo merezco,

¡pero, por favor!,
te lo pido
de rodillas,
¡dame una
última
oportunidad!

¡Escúchame!,
¡escúchame!,
solo una vez más,
¡ven!, ¡ven conmigo!,
¡dame una nueva
oportunidad!,
te prometo
que valdrá
la pena
y que
¡nunca más,
te volveré
a fallar!

Necesito
que cojas
mis manos,
que me
estreches
entre tus brazos
y que me
hagas el amor,

al menos
una vez más,
¡por favor!,
¡por favor!,
solo una
vez más,
te prometo,
que después,
si sigues
pensando
igual,
y ya no
quieres
saber nada
más de mí,
yo te dejaré
marchar,
¡pero al menos
solo una vez más,
dame una
oportunidad!

¡Escúchame!,
¡escúchame!,
solo una vez más,
¡ven!, ¡ven conmigo!,
dame una nueva
oportunidad,
te prometo

que valdrá
la pena
y que
¡nunca más,
te volveré
a fallar!

Demasiado tarde

¡Qué tonto fui!,
pues no supe
darme cuenta,
de que todos los besos,
y caricias que te di,
no fueron suficientes
para retenerte
junto a mí,
demasiado tarde
me di cuenta
de tus mentiras,
y de tus engaños,
demasiado tarde

comprendí
que, cuando
tú me cogías
de las manos,
y mirándome
a los ojos,
me decías
una y otra vez,
que me amabas
y que me querías,
solo eran mentiras,
mentiras que yo,
como un tonto enamorado
me creía una y otra vez.

¡Pero, aunque tarde!,
ya me di cuenta
de que todo era mentira,
y que tú solo
querías jugar
con mis sentimientos,
¡Pero yo sé!,
que tú te vas
a acordar de mí
durante mucho tiempo,
y que te vas a arrepentir,
de no haber sabido valorar
mi amor por ti,
y sé que más

de una vez,
por ello vas a llorar,
y te vas a arrepentir,
y de nuevo,
junto a mí
tú querrás regresar,
pero ya será demasiado tarde,
para volver a comenzar,
y yo tan solo
te diré que te vayas,
pues tuviste
una oportunidad
y la dejaste escapar.

¡Adiós!, ¡adiós!,
que todo te vaya muy bien,
ojalá alguna vez,
encuentres el amor
de verdad,
y no lo dejes escapar.

¡Adiós!, ¡adiós!

Vuelvo a mi casa

Hoy de nuevo,
y después
de muchos años,
vuelvo a la tierra,
que un día
me vio nacer,
hoy de nuevo
vuelvo a mi casa.

Hoy vuelvo
a pisar el suelo,
de esa tierra,
que un día,

a mí me vio,
dar mis
primeros pasos,
de esa tierra,
que a mí,
me vio decir
mis primeras
palabras,
hoy vuelvo
a mi casa.

Verde, blanco
y negro,
esos son
los colores
de la bandera
de mi amada
Extremadura,
esos son
los colores
que hacen
emocionar
a mi corazón.

Orgulloso estoy,
mi querida
Extremadura,
de haber nacido
en tu seno,

mi amor por ti
cada día
crece más y más,
y siempre estás
en mi corazón,
aunque lejos,
yo esté de ti.

Me siento
la persona,
más feliz
del mundo,
al haber podido,
nacer en tu seno,
mi amada Extremadura,
y aunque ahora,
yo lejos estoy de ti,
nunca te olvido,
y donde yo voy,
tú siempre
vas conmigo,
en el fondo
de mi corazón.

Te pido,
mi amada
Extremadura,
que si un día,
ya nunca más

puedo volver
a tu lado,
hasta el día
de mi muerte,
te pido,
mi amada
Extremadura,
que aunque sea
en lo más apartado
de tus confines,
me guardes
un pedacito
de tierra,
donde poder
descansar.

Hoy de nuevo
vuelvo a casa,
hoy de nuevo,
vuelvo a mi
Extremadura,
y conmigo,
llevo la bandera
de mi amada tierra,
la bandera,
verde, blanca
y negra,
la bandera,
cuyos colores,

hacen latir
con más fuerza,
mi corazón.

Biografía del autor

Fernando Pérez Rodríguez nació en la ciudad de Plasencia (Cáceres, España), en cuyo escudo de la ciudad, reza el lema: *UT PLACEAT DEO ET HOMINIBUS* (Para agrado de Dios y de los hombres). En la actualidad está casado y vive en España.

Nacido en el seno de una familia humilde, es el mayor de varios hermanos, todos varones. Desde muy pequeño le gustó escribir, algo no muy bien entendido por sus padres, que le decían qué escribía tanto. Escribir para él es un modo de escapar de la sociedad que lo rodea y, a la vez, de plasmar sus sueños e inquietudes.

Puedes seguirme o hacerte con mis obras a través de mis diversas páginas.

Enlaces de mis páginas:

Mi página de autor en amazon:

goo.gl/ccWsUz

Mi Facebook:

https://www.facebook.com/groups/16787916923
62440/1877747542466853/?notif_t=like&notif_id
=1491218887559364

https://www.facebook.com/Fernando-Pérez-
Rodríguez-Escritor/

https://www.facebook.com/NandoPerezescritor/

Mi Twitter:
https://twitter.com/Fernandoalcarre
Mi Blog:
http://poemaspequenovagab.wixsite.com/misitio

¡Ni un día sin una sonrisa!,

¡ni un día sin poesía!,

¡ni un día sin un libro!

¡Pon un libro en tu vida, y jamás te aburrirás!

¡Gracias por adquirir este libro!, ¡espero les haya gustado!

 Si es así y lo compraron a través de Amazon, les pediría me dejasen una valoración y un comentario, pues con ello estarían ayudando a promocionar y dar a conocer mis obras a un mayor número de gentes ¡Gracias!

Un saludo de su amigo

Fernando

FIN